A ti, que me enseñaste que los sentimientos no tienen color.
Alicia Acosta

A mi hijo Juan. A todas y todos los que disfrutan de la vida con todos sus colores.
Luis Amavisca

A mi marido, que es daltónico y para él el mundo es de otros colores diferentes al mío. Me encantaría poder ver a través de sus ojos; me doy cuenta de que todo es relativo, depende del prisma por el que se mire.
Anuska Allepuz

El rojo no está enojado, el azul no está triste
Colección Somos8

© del texto: Alicia Acosta & Luis Amavisca, 2023
© de las ilustraciones: Anuska Allepuz, 2023
© de la edición: NubeOcho, 2023
www.nubeocho.com · info@nubeocho.com

Título original: *El rojo no está enfadado, el azul no está triste*
Corrección: Alma Carrasco

Primera edición: Abril, 2024
ISBN: 978-84-19607-55-3

Impreso en España.

Todos los derechos reservados. Prohibida su reproducción.

El rojo no está enojado
El azul no está triste

Alicia Acosta & Luis Amavisca
Ilustrado por Anuska Allepuz

nubeOCHO

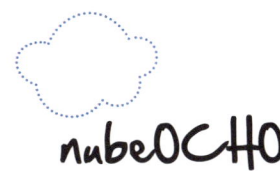

Osa, Ciervo y Ardilla están disfrutando de una tranquila tarde en el bosque.

—¿Dónde estará Zorro? —pregunta Ciervo.
—Seguro que aparece pronto —responde Ardilla.

—Zorro, ¿qué sucedió? —pregunta Osa.
—Ay, pobrecito… —susurra Ardilla.
—No te preocupes, seguro que hablando te sientes mejor… —dice Ciervo.

—Pero ¿qué ocurre? ¿Por qué me dicen esas cosas? —pregunta Zorro extrañado.

—Porque estás vestido de azul. ¡Llevas el color de la tristeza! —exclama Ardilla.
—¿Cómo? ¿Yo, triste? ¡Pero si yo estoy muy contento! —afirma Zorro.
—Entonces… —medita Osa.

—¡Ahora sí llevas el color de la alegría! —exclama Ciervo.
—¡Es verdad! —sonríe Ardilla.

—Zorro, te habías equivocado
de color —afirma Osa.

—Pero ¿de qué están hablando? Me estoy empezando a enojar… —musita Zorro desconcertado.

—¿Enojado? —pregunta Ciervo—. ¡Este te quedará mejor! ¿No sabes que el rojo es el color del enojo?

—¡Y de la rabia! —afirma Osa.
—¡Sí, sí! ¡Míralo! ¡Está enojadísimo! —exclama Ardilla.

—¡Basta ya! Me estoy poniendo muy nervioso, voy a calmarme...

—¡Un momento! —exclama Ardilla.

—¡El verde te ayudará a calmarte! Es el color de la tranquilidad y la calma —dice Ardilla.

—¡Muy bien dicho! El verde a veces viene muy bien —comenta Osa.

—Pero ¿de dónde sacaron todo eso? A mí me gustan las manzanas rojas ¡y no por eso estoy enojado! Mi color favorito es el azul, y no por eso soy un zorro triste. A veces me visto de amarillo aunque no tenga un buen día.

—Mmm…. Creo que tienes razón —medita Ciervo.
—Entonces ¡no tengo que estar enojada para ponerme mi abrigo rojo! ¡Qué bien! —exclama Osa aliviada.

—A mí en realidad me gustan el amarillo, el verde, el rojo y el azul —afirma Ardilla.
—¡Claro! ¡Los colores son libres! —exclama Zorro.

—¡Qué bonito es poder disfrutar de todos los colores!

—¿Vieron ese pájaro de
colores? —pregunta Osa.
—Pero ¿y por qué tendrá esa cara?
¿Estará enojado? —medita Ciervo.
—Parece triste... —susurra Ardilla.
—Yo creo que tiene miedo —dice Zorro.

—¡Ups! —exclama Osa—, el pajarito no estaba enojado…
—El pajarito no estaba triste —dice Ciervo.
—El pajarito no tenía miedo… —musita Ardilla.

Osa, Ciervo, Ardilla y Zorro se echan a reír.

—¡El pajarito simplemente tenía ganas de hacer caca! —concluye Osa.